Analyse

Changer l'eau des fleurs

Valérie Perrin

lePetitLittéraire.fr

Analyse de l'œuvre

Par Lucile Lhoste

Changer l'eau des fleurs

Valérie Perrin

lePetitLittéraire.fr

Rendez-vous sur lepetitlitteraire.fr et découvrez :

Plus de 1200 analyses
Claires et synthétiques
Téléchargeables en 30 secondes
À imprimer chez soi

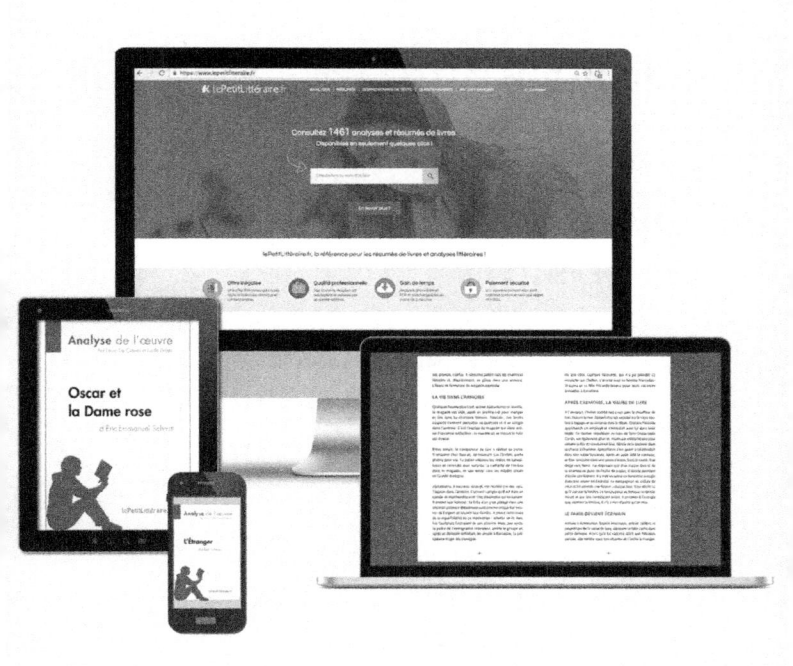

VALÉRIE PERRIN	7
CHANGER L'EAU DES FLEURS	9
RÉSUMÉ	11
ÉTUDE DES PERSONNAGES	16

    Violette Trenet-Toussaint
    Philippe Toussaint
    Julien Seul
    Geneviève Magnan
    Le curé et les fossoyeurs

CLÉS DE LECTURE	23

    Romans de vie et héros quotidiens
    Un récit croisé au service de l'intrigue
    La résistance au traumatisme
    Cultiver le lendemain

PISTES DE RÉFLEXION	34
POUR ALLER PLUS LOIN	37

VALÉRIE PERRIN

ÉCRIVAINE, PHOTOGRAPHE ET SCÉNARISTE FRANÇAISE

- **Née en 1967 à Remiremont (France)**
- **Quelques-unes de ses œuvres :**
  - *Les Oubliés du dimanche* (2015), roman
  - *Appelez-moi Britney* (2019), nouvelle
  - *Trois* (2021), roman

Née le 19 janvier 1967 dans la région Grand Est, Valérie Perrin ne finit pas le lycée et vit d'abord de petits boulots avant de fonder une famille. Sa carrière littéraire et cinématographique est notamment influencée par son travail avec son compagnon depuis 2006, le cinéaste Claude Lelouch (né en 1937). Elle cosigne ainsi les scénarios de plusieurs de ses films et est également photographe de plateau. C'est en 2015 que parait son premier roman, *Les Oubliés du dimanche*, couronné de treize prix et traduit dans plusieurs pays. Ce succès l'encourage à poursuivre en 2018 avec *Changer l'eau des fleurs* (édité en poche en 2019), puis en avril 2021 avec *Trois*.

Issue d'une famille de sportifs, elle ne prendra cependant jamais le même chemin de carrière.

En revanche, ses récits trouvent parfois un ancrage dans sa vie personnelle. *Changer l'eau des fleurs* a en effet lieu dans le département de son enfance et elle a même repris l'identité du fossoyeur de Gueugnon pour l'un de ceux du cimetière du livre. Militante du Parti animaliste, elle est aussi marraine d'un refuge pour animaux dont les employés inspirent les personnages de son troisième roman.

CHANGER L'EAU DES FLEURS

UN LIEU DE MORT POURTANT SYNONYME D'ESPOIR

- **Genre :** roman
- **Édition de référence** : *Changer l'eau des fleurs*, Paris, Le Livre de Poche, 2019, 672 p.
- **1ʳᵉ édition :** 2018.
- **Thématiques :** mort, tragédie intime, deuil parental, résilience, amour, secrets, histoires croisées.

Valérie Perrin imagine son roman *Changer l'eau des fleurs* en accompagnant son conjoint sur la tombe de ses parents. Elle construit alors un récit où le décor est un cimetière et les protagonistes ceux qui y travaillent, la vie fourmille aussi à travers les histoires qui s'y racontent et les animaux qui y vivent. Ce mélange de tristesse et de joie charme la critique et lui vaut plusieurs prix, dont celui de la Maison de la Presse en 2018 (époque de la sortie de l'édition grand format chez Albin Michel) et le Prix des lecteurs du Livre de Poche en 2019. Les critiques saluent le traitement qui est fait de la mort et du malheur, car même si l'héroïne souffre beaucoup, elle retrouve peu à peu espoir en l'existence.

L'histoire se déroule en 2016. L'héroïne, Violette, est la gardienne du cimetière de Brancion-en-Châlon. Elle y est arrivée vingt ans auparavant, guidée par la volonté de reprendre l'activité de son ami Sasha et par le fait que la tombe de sa fille, décédée en 1993, s'y trouve. Un jour, elle reçoit la visite du policier Julien Seul, venu déposer les cendres de sa mère sur la tombe de l'homme qu'elle aimait. Intrigué par l'histoire de Violette, dont le mari a mystérieusement disparu quelque temps après leur arrivée au cimetière, il décide d'enquêter et retrouve cet homme, faisant sans le savoir remonter à la surface de douloureux souvenirs ainsi que des vérités salutaires pour la gardienne.

RÉSUMÉ

Violette Trenet rencontre Philippe Toussaint en 1985. Elle tombe très vite amoureuse et quitte son foyer d'accueil peu de temps après pour s'installer avec lui. Peu intéressé par sa compagne, Philippe la trompe déjà régulièrement dès cette époque. Mais à la fin de l'année, Violette est enceinte et le 3 septembre 1986 nait Léonine. Violette comprend vite qu'elle devra travailler pour deux : son mari n'est jamais là et ne s'intéresse guère à sa fille. C'est elle qui assume tout, qui fait tout le travail – le couple officie comme garde-barrières – et paie toutes les dépenses. Sa situation émeut Célia, sa meilleure amie qu'elle rencontre en l'hébergeant chez elle à la suite d'une grève des trains. Touchée par sa sollicitude, Célia l'invitera désormais en vacances chez elle, dans le sud, tous les étés. Philippe, lui, partage son temps entre ses jeux vidéos et ses maitresses. Parmi elles, une institutrice de l'école de Léonine, Geneviève Magnan. Il dispose d'elle à sa guise, jusqu'au jour où il la « prête » à un ami. Après ce drame, il délaisse totalement cette femme qui ne s'en remet cependant pas.

Geneviève est donc perturbée quand quelques années plus tard, Léonine arrive dans la colonie de vacances où elle travaille désormais. La nuit suivante, alors qu'elle doit surveiller la chambre des fillettes, elle s'absente pour aller voir son fils malade. Quand elle revient, elle s'aperçoit que l'encadrante à qui elle a confié sa tâche de surveillance est partie retrouver un autre employé dans sa chambre et que les enfants sont mortes, intoxiquées au monoxyde de carbone libéré par un chauffe-eau défectueux. Paniquée, elle alerte son mari, également employé là-bas, qui met en scène un incendie pour camoufler l'incident et l'implication de son épouse. Aucun d'entre eux ne sait que les grands-parents de Léonine, s'étant aperçus que leur petite-fille avait oublié son doudou, sont revenus ce soir-là. Ce sont en réalité eux qui, inconscients de leur geste, ont allumé le chauffe-eau pour que les fillettes puissent se laver les mains.

Violette, qui adorait sa fille, plonge dans un chagrin incommensurable après sa mort. Elle refuse d'aller à l'enterrement et au procès qui suit l'incident. Un jour, elle reçoit une plaque funéraire rendant hommage à sa fille. Intriguée, elle se rend au cimetière de Brancion-en-Châlon où elle découvre que c'est Célia qui la lui a fait envoyer pour la pousser à venir, avec la complicité du gardien Sasha. Ce sera le début de sa reconstruction : elle vient régulièrement au cimetière visiter sa fille et entretenir le jardin. En 1997, le passage à niveau où elle travaille ferme. Violette pousse immédiatement Philippe à reprendre le poste de gardien du cimetière de Brancion-en-Châlon, Sasha partant à la retraite. Mais l'année suivante, Philippe disparait sans laisser de traces.

Cette disparition a pourtant une explication qui remonte à la mort de Léonine. Dès le procès, Philippe sent que quelque chose ne va pas. Il remarque les comportements étranges de Geneviève et son mari et décide de retrouver et interroger tous les acteurs de l'affaire. Il commence par aller voir son ancienne maitresse, mais elle a plongé dans la dépression et l'alcool. Rongée par la culpabilité, elle se suicide peu après la visite de Philippe. Ce dernier questionne alors son mari, Alain, qui lui explique comment il a monté l'histoire de l'incendie pour dissimuler la responsabilité de Geneviève. Obsédé par le détail du chauffe-eau défectueux, trop haut pour que les fillettes puissent l'allumer seules, Philippe continue sa quête de vérité. Il fait le tour de tous les autres employés de la colonie de vacances. La dernière d'entre eux, une simple encadrante, lui apprend quelque chose qui lui glace le sang : elle a vu les grands-parents Toussaint revenir à la colonie le soir du drame. Impossible de simplement rentrer chez lui, Philippe doit savoir : il se rend donc chez ses parents à Charleville-Mézières. Sa mère nie d'abord tout, puis reconnait être allée rendre son doudou à Léonine. Son père finit par admettre avoir allumé le chauffe-eau. Philippe comprend alors avec horreur que ses parents ont tué sa fille. Brisé, il ne rentre pas chez lui et passe officiellement pour disparu. En réalité, il a trouvé refuge chez Françoise Pelletier, la veuve de son oncle et son amour de jeunesse. Là-bas, il commence enfin petit à petit à travailler et prend même le nom de Pelletier pour effacer toute trace de son ancienne vie.

Avec le temps, Violette apprend à accepter que son mari soit mort. Elle reprend un certain goût à la vie, s'entend très bien avec ses collègues et aime s'occuper des animaux, des tombes et des visiteurs. Cette tranquillité est troublée en 2016 par l'apparition d'un homme, Julien Seul, qui doit déposer les cendres de sa mère sur la tombe d'un inconnu avec lequel elle a entretenu une liaison extraconjugale pendant des années. Violette et Julien se rapprochent, à la faveur de la lecture du journal intime de la mère de Julien, et tombent eux-mêmes amoureux l'un de l'autre. En parallèle, Julien, qui est commissaire de police, apprend l'histoire de Violette et décide de chercher Philippe. Il le retrouve à cent kilomètres de là, bien vivant. Choquée, Violette demande le divorce par lettre d'avocat en 2017. Au mois de mai, Philippe reçoit la lettre et décide d'aller confronter Violette.

Lorsqu'elle l'aperçoit dans son cimetière, Violette pense qu'il est venu pour lui faire du mal. Philippe est néanmoins surtout venu pour la menacer de représailles si elle continue la procédure et veut qu'elle le laisse tranquille. En repartant, il fait tomber dans la cuisine un carnet contenant des photos de Léonine. Lorsqu'il les voit, tous ses souvenirs lui reviennent et le submergent. Alors qu'il repart à moto, il réalise qu'il veut enfin, plus que jamais, être le père que sa fille aurait mérité. Il ne voit plus qu'une façon de le faire, la rejoindre dans la mort, et se suicide en fonçant dans les arbres en bord de route. Violette fait annuler la procédure de divorce et n'apprend qu'ensuite que Philippe est mort tout près de son cimetière. Elle reçoit peu de temps après la visite de Françoise Pelletier, qui lui raconte les efforts de Philippe pour découvrir la vérité sur la mort de Léonine. Julien, lui, se montre toujours plus présent pour la soutenir dans cette épreuve. Même si elle a du mal à admettre qu'elle a le droit de refaire sa vie, Violette le laisse petit à petit entrer dans sa vie. Elle s'attache énormément à lui et à son fils, issu d'une première union. Ce n'est qu'au terme du roman, après avoir appris toute la vérité sur Léonine et Philippe et avoir fait son deuil, qu'elle s'autorise enfin à entamer une relation durable avec Julien.

ÉTUDE DES PERSONNAGES

VIOLETTE TRENET-TOUSSAINT

Violette est la gardienne du cimetière de Brancion-en-Châlon et l'héroïne du roman. Sa vie est marquée par l'abandon au point qu'elle n'a guère d'attaches durables. Cela commence par sa mère qui l'abandonne à sa naissance dans les Ardennes vers 1968 – c'est la sagefemme qui lui donne son nom et son prénom –, puis les multiples familles d'accueil et, surtout, son mari qui disparait subitement en 1998. Sa compagnie quotidienne se résume aux morts dont elle connait tout, consignant systématiquement les circonstances de leur enterrement, aux fossoyeurs et au père Cédric qui lui rendent visite régulièrement, et aux animaux qu'elle nourrit tous les jours.

Violette reconnait elle-même qu'elle a développé une peur panique de l'abandon, et que c'est pour cette raison qu'elle s'accroche si fortement à Philippe Toussaint même après la mort de leur fille Léonine et la fin de leur couple. Elle a également beaucoup de mal à laisser Julien Seul entrer dans sa vie. Les deux personnes les plus importantes pour elle sont finalement Léonine, la première personne avec laquelle elle a pu tisser un vrai lien d'amour, et Célia, sa seule amie. À contrario, elle marque systématiquement de la distance avec son mari, le désignant toujours par son prénom et son nom, et ne parle pas de lui avec affection en dehors des débuts de leur union.

Ce personnage est notamment caractérisé par une grande capacité à résister aux épreuves et même à la mort. Elle est d'abord déclarée mort-née, avant de reprendre vie à la faveur de la chaleur d'un radiateur. Elle subit ensuite de douloureux moments en famille d'accueil et en foyer, vivant de petits boulots alors qu'elle est encore mineure. Elle subit encore après cela la vie avec Philippe, la solitude, la mort de Léonine ou encore le départ de Sasha, sans jamais sombrer totalement. Sa manière de s'habiller, des couleurs sombres cachant des couleurs vives, démontre une volonté de préserver la vie malgré son statut professionnel. Quoi qu'elle vive, elle reste toujours droite et même s'il lui faut parfois du temps, elle finit toujours par revenir à la vie grâce aux choses simples que le quotidien lui apporte.

PHILIPPE TOUSSAINT

Philippe, né vers 1958, est originaire de la région de Charleville-Mézières. C'est un grand blond aux yeux bleus qui exerce une grande fascination sur la plupart des femmes qu'il rencontre. Mais ses qualités s'arrêtent là. C'est en effet un coureur de jupons, qui trompe Violette régulièrement dès le début de leur relation, et un fainéant qui passe ses journées sur ses motos et ses jeux vidéos. Il va jusqu'à garder sa part de salaire de côté et laisser son épouse assumer à elle seule tous les frais du ménage et toute la charge de travail. À la fermeture de la barrière de Malgrange-sur-Nancy, Violette dit de lui qu'il rentre de Pôle Emploi désespéré, car il réalise qu'il va devoir commencer à travailler. Ses parents l'ont trop gâté, ont régulièrement couvert ses bêtises, et n'ont jamais vraiment veillé à ce qu'il devienne indépendant. Avoir trouvé une femme qui s'occupe de tout à sa place lui convenait donc très bien.

Le vernis commence à se fissurer à la mort de Léonine. Philippe réalise qu'il a été un père plus qu'absent, qu'il n'a rien partagé avec son enfant, et qu'il est un mauvais mari. Il culpabilise au point de se jeter à corps perdu dans une recherche des vrais responsables de la mort de sa fille. L'emménagement à Brancion-en-Châlon n'arrange rien, car au contraire de Violette, il ne supporte pas d'habiter là où reposent les cendres de Léonine. C'est lui qui découvre le premier ce qu'il s'est vraiment passé à la colonie de vacances. L'abandon du domicile conjugal et le fait d'avoir retrouvé la seule femme qu'il ait aimée ne seront qu'une parenthèse. Lorsque Violette découvre qu'il est toujours vivant et demande le divorce, il se retrouve plongé vingt ans en arrière et ne le supporte pas. Tous ses souvenirs et ses regrets lui explosent au visage et après avoir confronté Violette, il décide de se suicider en fonçant à moto sur un arbre pour retrouver Léonine et enfin être son père.

JULIEN SEUL

Julien Seul est un commissaire de police de Marseille. Plus jeune que Violette, il a un peu plus de quarante ans. D'après la protagoniste, il ressemble à Serge Gainsbourg (chanteur français, 1928-1991). Il a des cheveux très bruns qui se teintent de blanc, de la barbe, un grand nez, des lèvres épaisses, des poches sous les yeux et de belles mains. Il a un fils, Nathan, né d'une femme dont il est séparé, et une fille qui est magicienne professionnelle. Il entre dans la maison de Violette comme dans sa vie parce que sa mère, décédée deux mois auparavant, souhaite voir ses cendres déposées sur la tombe d'un inconnu.

Il s'avère que la mère de Julien a eu une relation amoureuse avec cet inconnu pendant des années, et qu'ils ont par la suite fait le nécessaire pour reposer l'un avec l'autre après leur mort. Bien que l'histoire soit passée depuis longtemps, Julien se montre ébranlé par ce qu'il découvre au fur et à mesure qu'il trouve et lit le journal intime de sa mère. Il lui en veut d'abord de lui avoir caché tous ces secrets, mais se radoucit au contact de Violette, avec laquelle il a finalement le même genre de coup de foudre qu'entre sa mère et son amant. Violette dira de lui qu'il est délicat – tout le contraire de Philippe Toussaint – et patient. Il se montre très vite soucieux du bienêtre de Violette et pense à tort qu'elle voudrait être mise au courant si Philippe s'avérait vivant. En dehors de cette erreur qui va distiller un froid dans ce couple naissant, il ne brusquera jamais la protagoniste. Devant la distance que Violette lui impose, il renonce un temps à elle, préférant renouer avec son ex-femme pour le bien de son fils. Mais Nathan s'est déjà fortement attaché à Violette, tout comme son père, et ils finiront par revenir vers elle. Si la relation avec Philippe Toussaint a procuré beaucoup de frustration à Violette, celle avec Julien symbolise tout l'inverse et participe à sa reconstruction.

GENEVIÈVE MAGNAN

Geneviève est une femme au foyer esseulée et malheureuse. Mariée à un homme qui la bat, elle a deux fils qui souffrent également de ces violences. Au début des années 1990, elle est institutrice dans l'école où Léonine Toussaint est élève. Bien qu'elle n'ait pas la fillette dans sa classe, elle rencontre par hasard Philippe l'une des rares fois où il vient chercher sa fille. Leur liaison est quasi immédiate et si Philippe ne l'aime pas et se contente de satisfaire un besoin physique, Geneviève devient vite dépendante de ces ébats. Il est en effet sa seule échappatoire face à un quotidien morne et vide. C'est peut-être ce qui explique que lorsque Philippe la prête à un ami sans son consentement, elle ne parvient pas vraiment à le détester. Quelques années plus tard, elle est surveillante dans une colonie de vacances lorsqu'elle voit arriver Léonine et fait immédiatement le lien. La nuit suivante, elle quitte son poste pour aller voir son fils malade et n'a donc pas connaissance de l'enchaînement de circonstances qui cause la mort des fillettes. Elle est brisée : non seulement elle se croit directement responsable, mais parmi les victimes figure la fille de l'homme qui la fascine toujours. En plus de cela, son mari camoufle le crime. Incapable de redresser la tête ensuite, Geneviève s'enfonce dans la dépression et, comme son mari, dans l'alcool. L'idée du suicide fait son chemin petit à petit ; elle la concrétisera lorsque son dernier rempart, Philippe, l'objet de son fantasme qui lui voue désormais une haine féroce, tombera.

LE CURÉ ET LES FOSSOYEURS

Si Violette est la gardienne du cimetière, les fossoyeurs en sont l'âme. Présents quotidiennement pour préparer les tombes ou tout simplement boire un café, ils ont des personnalités lumineuses qui égaient les chapitres où ils apparaissent. Norbert « Nono » Jolivet est un homme toujours joyeux qui ne refuse jamais de rendre un service ; sa seule limite se résume aux enterrements d'enfants auxquels il préfère ne pas assister. Il est inspiré jusqu'au nom d'un véritable fossoyeur ami de l'auteure du roman. Gaston est extrêmement maladroit, toujours en déséquilibre, mais jamais défaitiste pour autant. Quant à Eric Delpierre, dit Elvis, c'est un fan d'Elvis Presley qui connait toutes les chansons de son idole et les chante très mal, mais avec un enthousiasme débordant. Il recueille et nomme les chats qui atterrissent au cimetière.

Le père Cédric Duras est un personnage un peu plus développé. C'est un bel homme qui suscite de l'intérêt chez les femmes de sa paroisse. Il n'aime cependant que Dieu – malgré les tentatives de Violette pour le pousser à la discussion sur ce sujet –, mais avoue avoir un désir grandissant de paternité. Sa position lui interdit bien sûr de concrétiser cette envie, mais il va trouver un juste milieu en prenant sous son aile un couple de jeunes réfugiés qui travaillera avec lui.

CLÉS DE LECTURE

ROMANS DE VIE ET HÉROS QUOTIDIENS

Des romans simples, avec des héros de la vie quotidienne et des bonheurs et des drames auxquels chacun peut s'identifier, sont désormais monnaie courante. De nombreux auteurs, ne serait-ce que ces dernières années, se sont spécialisés dans ce type d'ouvrage. Citons par exemple Virginie Grimaldi (née en 1977), Aurélie Valognes (née en 1983), Raphaëlle Giordano (née en 1974), Gilles Legardinier (né en 1965), sans oublier les plus vendeurs : Katherine Pancol (née en 1954), Guillaume Musso (né en 1974) ou Marc Lévy (né en 1961). Ce type de littérature descend directement du roman de gare, un genre littéraire non légitimé né au XIXe siècle. Conçu pour être vendu dans les gares et lu par les voyageurs durant leur trajet, ce roman supposé « facile » doit pouvoir séduire et distraire le lecteur, sans forcément exiger un effort particulier à la lecture. Les livres sont donc généralement courts, souvent bon marché, et peuvent même connaitre un grand succès populaire.

Aujourd'hui, la notion de roman de gare a évolué. Avec l'évolution des technologies ferroviaires et la construction de lignes plus rapides, les trajets sont plus rarement propices à la lecture d'un livre. Le roman de gare a pris d'autres formes et se vend aujourd'hui autant dans les gares qu'en librairie ou en hypermarché. Il n'est plus nécessairement synonyme de facilité, de manque de qualité, et plait au plus grand nombre au point de régulièrement classer ses auteurs parmi les meilleures ventes.

Comment dès lors classer *Changer l'eau des fleurs* ? Le qualifier de roman « feel good » pourrait sonner de façon ironique, pour un récit qui parle beaucoup de mort. Il y est pourtant plus d'une fois question d'espoir et de reconstruction. L'héroïne est une femme ordinaire à laquelle il est facile de s'attacher. Le style n'est pas alambiqué, et c'est plutôt par sa structure que le roman se distingue. Le succès populaire est venu grâce à la réputation déjà acquise par l'auteure avec son premier roman, ainsi que par plusieurs articles de presse. La critique de *Libération* aura cette jolie formule pour qualifier le genre du livre : « Mais ça n'est pas un roman de gare, ou alors une jolie gare, l'héroïne d'un film un peu triste sur la mort, mais avec des couleurs chatoyantes » (Peyret E., « Les effets de stèle de Valérie Perrin », in *Libération*, 2019, consulté le 5 juillet 2021). C'est sans doute la meilleure façon de résumer le genre du roman : un roman simple, populaire, qui procure des émotions fortes et laisse une impression finale de sérénité et d'espoir en l'avenir.

UN RÉCIT CROISÉ AU SERVICE DE L'INTRIGUE

Des révélations au goutte-à-goutte

Le récit est structuré en courts chapitres et il apparait vite qu'il y a régulièrement des coupures chronologiques. Violette semble initialement raconter sa vie quotidienne au cimetière et revient brièvement sur la façon dont elle a convaincu son mari de venir travailler là. Bien que raconté comme s'il s'agissait d'un simple moment de transition dans leur vie, il découle en réalité de circonstances bien plus complexes qu'on peut alors le supposer.

Par la suite, la vie de Violette est racontée sur deux temporalités : celle du présent, en 2016-2017, et celle du passé qui débute en 1985. Cette double narration permet à la protagoniste de distiller au compte-goutte les révélations sur sa vie et de tenir le lecteur en haleine. L'exemple le plus frappant concerne l'existence et le destin de Léonine. Il n'est fait aucune mention de la petite fille jusqu'à la visite des parents de Philippe fin 1985, où l'on apprend que Violette était enceinte. Le doute est alors déjà présent quant à ce qui est advenu de Léonine en 2016. Même si Violette fait le récit de sa grossesse, de son accouchement et de sa vie avec sa fille, elle n'en parle pratiquement jamais dans la trame présente. Un chapitre permet cependant d'appréhender la vérité : celui de la visite de Philippe Toussaint en 2017. Le voyant dans le potager vingt ans après sa disparition, Violette pense qu'il est revenu pour la faire souffrir. Elle déclare alors : « Je pense à Léo. Je ne veux pas qu'elle voie ça » (p. 224). Or, Léonine n'est apparue nulle part à Brancion-en-Châlon jusque-là. Une hypothèse émerge alors : celle qu'elle soit décédée et enterrée au cimetière, ce qui justifierait qu'elle puisse « voir » ça. Hypothèse confirmée dans un chapitre ultérieur où Violette va sur la tombe de quatre fillettes toutes mortes en 1993, incluant la sienne.

Le lecteur ne peut pourtant s'arrêter là. Léonine est décédée, certes, mais dans quelles circonstances et avec quelles conséquences ? Ce suspense va durer longtemps, d'autant plus que l'ultime révélation ne survient que peu avant la fin du roman. À partir de l'annonce de la mort de Léonine démarre donc une sorte de « deuxième » partie du roman où alternent les narrations du deuil de Violette, de sa relation avec Julien au présent, et de la quête de vérité de Philippe – racontée à la troisième personne.

Un éclairage psychologique dosé

Il est à noter que la narration croisée du roman ne sert pas seulement la construction de son intrigue. Elle est aussi un révélateur intéressant des parts d'ombre et de lumière des personnages.

Philippe Toussaint en reste le parfait exemple : il n'est décrit que du point de vue de Violette pendant très longtemps et souffre d'une image très négative, tant dans ses activités que dans ses relations. À partir du moment où la narration de son histoire se greffe à celle de Violette, c'est un pan nouveau de sa psychologie qui est révélé : son amour pour Françoise Pelletier, sa profonde remise en question, ses liens avec Violette et avec ses propres parents, etc. Le personnage apparait sous un angle totalement différent, ce qui rend sa psychologie soudainement bien moins simple.

Le même commentaire vaut pour d'autres personnages, qu'ils soient abordés par le prisme de Violette ou de Philippe, ou qu'ils viennent eux-mêmes apporter leur pierre à l'édifice. Rare exemple qui n'est connu par aucun des deux protagonistes cités plus haut, Geneviève a ainsi elle aussi droit à ses quelques passages à la troisième personne. Il s'agit certes d'un personnage secondaire, mais ces passages sont nécessaires pour comprendre à quel point la mort des fillettes l'a brisée. Battue par son mari, se croyant coupable d'un quadruple homicide involontaire, elle tente de rejeter la faute sur la directrice de la colonie de vacances qui tardait à remplacer les chauffe-eaux. Mais elle ne peut se défaire de son sentiment de culpabilité et ne tente qu'en vain de blâmer quelqu'un d'autre. En 1996, soit trois ans après l'incident, elle dit envisager déjà d'acheter une corde, comme elle envisage les autres étapes de sa journée. Après la visite de Philippe, elle réitère cette déclaration et les ambulances présentes plus tard devant chez elle prouvent qu'elle a mis son plan à exécution. Placés de manière à parfaitement s'intercaler dans le récit de Philippe, ces passages éclairent la psychologie non seulement de Geneviève, mais de tous ceux impliqués de près ou de loin dans l'incident : ils ont presque tous quelque chose à cacher – seule la dernière encadrante semble totalement innocente dans l'histoire –, mais souffrent de n'avoir pu empêcher la mort des fillettes ou éteindre l'incendie qui a suivi.

LA RÉSISTANCE AU TRAUMATISME

Le traumatisme qui frappe les personnages dans le roman est très violent par l'implication personnelle des uns et des autres. On constate que, même pour les personnages totalement étrangers à la famille Toussaint, l'impact de la mort de Léonine et des trois autres fillettes est immense. Lucie Lindon, la surveillante remplaçante, est durablement marquée et a toujours froid depuis l'incident. D'autres encore, à l'instar de l'employé que Lucie retrouve ce soir-là, s'inquiètent des conséquences pour eux-mêmes – ils fumaient des joints ensemble au lieu de veiller sur les enfants. Ceux-là tentent de surmonter les évènements d'une manière qui leur permette de continuer à fonctionner normalement. Ils préservent les apparences du mieux qu'ils peuvent, sans pouvoir oublier leur traumatisme. Le couple Alain Fontanel-Geneviève Magnan se révèle quant à lui incapable de développer des stratégies pour surmonter le drame. Fontanel plonge dans l'alcoolisme, Geneviève laisse le temps filer sans se décider à acheter sa corde. Ils sont toujours en phase de dépression, tellement accablés par la culpabilité qu'il leur est impossible de faire le deuil de ce qu'il s'est passé en 1993.

La douleur consécutive à la mort d'un être cher touche plus particulièrement trois personnages, qui ont chacun leur manière d'appréhender cela :

- Violette s'effondre totalement à la mort de Léonine. Elle se terre dans la chambre de sa fille et ne veut voir personne. Elle qui faisait tout le travail de garde-barrière plonge dans un état de mutisme et d'apathie, obligeant Philippe à faire appeler quelqu'un pour la remplacer. Elle ne peut ni manger ni boire sans vomir. Par la suite, elle commence à donner les affaires de Léonine et mange le reste de ses friandises préférées. Elle se met à boire et à prendre des médicaments plus que de raison. Entretemps, elle travaille, mais se sent vide. Après cela, elle ne fêtera ni les anniversaires ni les dates qui lui rappellent sa fille. Le jour où elle reçoit la plaque funéraire et où elle découvre que Philippe garde une liste des employés de la colonie, elle prend ça pour un signe de sa fille et décide de recommencer à vivre. Elle arrête l'alcool et les médicaments et s'inscrit à l'autoécole. Quatre mois plus tard, elle prend la route du cimetière et y rencontre Sasha ;

- Philippe, quant à lui, tombe très vite dans l'énervement et la colère. Il veut porter plainte, aller au procès, faire payer les responsables de la colonie de vacances. Mais la condamnation ne lui suffit pas et il se lance dans une quête qui le mène aux vraies circonstances de la mort de Léonine. On pourrait alors croire qu'il s'effondre à son tour, mais il en est autrement : Philippe s'installe ailleurs, travaille, reprend une vie, se refait des amis. Il aurait pu prolonger cette vie jusqu'à la fin, mais la lettre de Violette révèle que ce n'était qu'une façade. On se rapproche ici d'une propriété importante de la résilience, cette capacité à gérer des évènements traumatiques : elle « n'est jamais absolue, totale, acquise une fois pour toutes » (MANCIAUX 2001 : p. 325). Philippe croyait s'être remis à sa façon de la mort de Léonine : il s'est trompé. Il n'a quelque part fait que repousser l'échéance et éloigner tout ce qui lui rappelait sa fille, et c'est pour cette raison que revenir à Brancion-en-Châlon a de telles conséquences pour lui ;

- Sasha, l'ancien gardien du cimetière, a lui aussi ses démons. Étant jeune, pensant pouvoir refouler son homosexualité, il a épousé une ravissante jeune femme. Ils ont eu deux enfants ensemble, puis, en 1976, l'épouse de Sasha et leurs enfants sont morts dans un accident de voiture. Sasha, qui n'était pas avec eux parce qu'il devait rejoindre un amant, sombre dans la folie et doit être interné. S'il ne désirait pas sa femme, il l'aimait malgré tout d'un amour sincère et était fou de leur progéniture. Après être sorti de l'asile, il brigue le poste de gardien du cimetière de Brancion-en-Châlon parce qu'à son sens, sa place est désormais auprès des morts.

Les manières d'appréhender le deuil sont multiples : chaque personnage y fait face à sa manière – colère, abattement, désespoir, lutte contre le reste du monde. Il n'y a bien sûr pas de stratégie gagnante, aucune ne s'appliquant à tout le monde, mais chacun ne peut lutter qu'avec ses propres ressources.

CULTIVER LE LENDEMAIN

Après le deuil vient cette étape où recommencer à vivre devient nécessaire pour avoir à nouveau le sentiment d'être là pour une bonne raison. Parmi les personnages évoqués jusqu'ici, seuls Violette et Sasha parviennent à appréhender le reste de leur vie en saisissant les choses simples quand elles se présentent, sans que leur traumatisme les attende au tournant. Sasha a des mots particulièrement justes à ce propos : « Tu vois, ma Violette, toi et moi, on a eu notre lot de misère, pourtant on est là. À nous deux, on ressemble à tous les romans de Victor Hugo [écrivain français, 1802-1885] réunis. Un florilège de grands malheurs, de petits bonheurs et d'espoirs » (p. 440).

Si ce roman revient très longuement sur de grands malheurs, il est aussi vecteur d'espoir, de joies du quotidien, de l'idée de renaitre de ses cendres. Un lieu illustre à lui seul cette idée : le cimetière de Brancion-en-Châlon lui-même. Violette et Sasha s'y sentent bien parce qu'ils prennent soin des morts et parfois des vivants qui leur rendent visite. Le lieu grouille d'une dizaine d'animaux, chats et chiens, la ménagerie s'agrandissant au fil du temps. Cet endroit qui héberge tant de morts est aussi vecteur de vie à travers le jardin potager derrière la maison du gardien. Quand Sasha arrive, c'est une terre désolée, peu cultivée. Mais il a appris à jardiner grâce à sa mère et avec de la patience, le jardin devient un lieu où poussent de multiples fruits et légumes. Il arrive même qu'au hasard de graines qui s'envolent un peu plus loin, une plante qui n'a rien donné finisse par produire des fruits. Sasha transmettra cet amour du jardinage à Violette qui, en participant aux travaux de la terre, va reprendre gout à l'existence.

Quand Sasha part à la retraite, Violette a notamment la charge d'entretenir le jardin. Elle en prendra autant soin que son prédécesseur le voulait. Elle va continuer à insuffler la vie dans un endroit de mort, à prendre du café ou un verre de porto avec ses collègues, à multiplier les interactions avec les proches des défunts non pour s'en faire des amis, mais au moins des connaissances qu'elle a plaisir à croiser dans les allées du cimetière. En dehors des quelques enterrements qui surviennent entre 2016 et 2017, on aborde finalement peu la mort en ce lieu, en tout cas pas en des termes qui accentuent le caractère morbide de l'endroit. Les gens y sont souvent sereins, se racontent, racontent leurs proches – certaines histoires suscitent d'ailleurs le sourire – avec le recul que suppose le deuil passé. Aussi étonnant que cela puisse paraitre, bien que le cimetière soit censé être synonyme de mort et de tristesse, dans le roman, il est également un lieu où la vie et la joie existent toujours.

PISTES DE RÉFLEXION

QUELQUES QUESTIONS POUR APPROFONDIR SA RÉFLEXION...

- Le récit est majoritairement construit en deux trames situées à plusieurs dizaines d'années d'écart. Quels apports majeurs cette construction a-t-elle pour le roman ?

- Philippe Toussaint apparait d'abord comme un homme n'ayant aucune qualité humaine. Mais est-ce réellement aussi simple ? Comment l'auteure s'y prend-elle pour nuancer ce personnage ?

- Les dernières pages du récit nous apprennent que Violette savait dès 2009 ce qui liait Irène Fayolle et Gabriel Prudent (la mère de Julien et son amant). Pourtant, Violette n'en laisse rien paraitre quand Julien passe le pas de sa porte sept ans plus tard. Pensez-vous qu'elle aurait dû en parler ? Quelles implications cela aurait-il pu avoir sur leur relation ?

- Quelle est la place des secrets dans ce récit ? Comment est vécue la découverte par les personnages ?

- Les chapitres du roman sont généralement titrés avec des citations issues d'épitaphes, de films ou de chansons à l'instar de ces lignes de Claude Nougaro (chanteur français, 1929-2004) : « Tu verras mon stylo emplumé de soleil, neiger sur le papier l'archange du réveil » (p. 480). Elle est insérée dans le chapitre où Violette et Julien dansent heureux à un mariage. Expliquez comment cette citation fait particulièrement écho à cet évènement heureux.

- La mort et la vie semblent coexister au sein du cimetière de Brancion-en-Châlon. Peut-on dire que l'une prend le plan sur l'autre ? Qu'elles s'entremêlent ? Quelle importance cette articulation a-t-elle pour Violette ?

- Violette est très fortement marquée par la mort. Pourtant, dès le début du récit, elle affirme qu'elle « déguste la vie » (p. 11). Expliquez comment elle en est arrivée à cet état d'esprit malgré toutes les épreuves qu'elle a vécues.

- Parmi les personnages secondaires, celui de Geneviève Magnan subit aussi de grands malheurs. Il est toutefois difficile de déterminer si sa culpabilité dans la mort de Léonine est due à sa propre défaillance ou à son obsession pour Philippe. Selon vous, qu'est-ce qui motive réellement son chagrin ?

- Parmi les romans de ces dernières années, *Le parfum du bonheur est plus fort sous la pluie* de Virginie Grimaldi (romancière française née en 1977) traite lui aussi du deuil parental à travers une mère qui occulte le souvenir de sa fille mort-née et les conséquences sur son couple. Quel(s) parallèle(s) peut-on faire avec le deuil que vivent Philippe et Violette ?

POUR ALLER PLUS LOIN

ÉDITION DE RÉFÉRENCE

- PERRIN V., *Changer l'eau des fleurs*, Paris, Le Livre de Poche, 2019.

ÉTUDE DE RÉFÉRENCE

- LUCIUS C., « La littérature de gare ou pulp fiction (outre-manche) », in *www.monBestSeller.com*, consulté le 05/07/2021. URL : https://www.monbestseller.com/actualites-litteraire/8040-la-litterature-de-gare-ou-pulp-fiction-outre-manche.

- MANCIAUX M., « La résilience. Un regard qui fait vivre », in Études, n° 395, 10/2001 : pp. 321-330.

- PEYRET E., « Les effets de stèle de Valérie Perrin » (2019), in *www.libération.fr*, consulté le 05/07/2021. URL : https://www.liberation.fr/livres/2019/06/28/les-effets-de-steles-de-valerie-perrin_1736811/.

SOURCE COMPLÉMENTAIRE

- GRIMALDI V., *Le parfum du bonheur est plus fort sous la pluie*, Paris, Le Livre de Poche, 2017.

SUR LEPETITLITTÉRAIRE.FR

- Sera complété par l'équipe éditoriale

Votre avis nous intéresse !
Laissez un commentaire sur le site de votre librairie en ligne
et partagez vos coups de cœur sur les réseaux sociaux !

Retrouvez
notre offre complète sur
lePetitLittéraire.fr

- un résumé complet de l'intrigue ;
- une étude des personnages principaux ;
- une analyse des thématiques principales ;
- une dizaine de pistes de réflexion.

lePetitLittéraire.fr

L'éditeur veille à la fiabilité des informations publiées, lesquelles ne pourraient toutefois engager sa responsabilité.

© **LePetitLittéraire.fr, 2021. Tous droits réservés**

www.lepetitlitteraire.fr

ISBN version numérique : 9782808023214
ISBN version papier : 9782808023221
Dépôt légal : D/2021/12603/1

Conception numérique : Primento,
le partenaire numérique des éditeurs.

Printed in Great Britain
by Amazon